# CACHETS ANTIQUES

DES

## MÉDECINS OCULISTES.

1.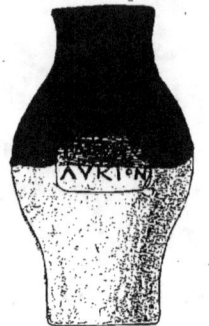

2.

*Pl. 1.*

3.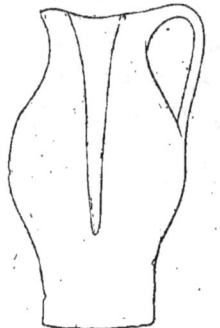

4.

5.

# DISSERTATION

## SUR L'INSCRIPTION GRECQUE

## IACONOC ΛΥΚΙΟΝ,

### ET SUR LES PIERRES ANTIQUES QUI SERVAIENT DE CACHETS AUX MÉDECINS OCULISTES.

## PAR TOCHON D'ANNECI,

MEMBRE DE PLUSIEURS SOCIÉTÉS SAVANTES.

F.
E.

IVNI·TAVRI·CROCOD SAR
COEACVMADASPRIT φ

IVNITAVRICROCODPAC
CIANADCICA-EREVM φ

IVNITAVRICRODIALEP
ACCICATRIC-ESCABRIT

Æ.E.

IVNITAVRICROCODDA
MISVSACDIAI-ESIS-ERE

Æ.E.T.

# A PARIS,

## L. G. MICHAUD, IMPRIMEUR-LIBRAIRE,

RUE DES BONS-ENFANTS, N°. 34.

OCTOBRE M. DCCC. XVI.

# DISSERTATION

## SUR L'INSCRIPTION GRECQUE

## IACONOC AYKION,

*Et sur les Pierres antiques qui servaient de Cachets*
*aux Médecins oculistes.*

P ARMI les monuments d'antiquité qui ont
échappé à l'injure du temps, les plus impor-
tants, sans doute, sont ceux qui nous servent
de modèles dans les arts, ou qui fixent nos in-
certitudes sur l'histoire; mais bien que notre
intérêt soit plus puissamment excité par ces
nobles vestiges, dont la grandeur et la majesté
s'offrent à l'admiration des siècles, nous ne de-
vons pas dédaigner ces humbles monuments,
qui, sans paraître aussi remarquables, renfer-
ment néanmoins leur instruction. Ce sont eux
qui nous font connaître les mœurs et les usages
des anciens, qui nous révèlent le secret de leurs

habitudes, et nous initient, en quelque sorte, dans les détails de leur vie domestique. Ils nous donnent l'explication de certains passages obscurs des auteurs, ressuscitent des inventions perdues, et nous mettent en communication plus intime avec les temps reculés, objets continuels de nos recherches.

Les inscriptions qu'on lit sur les anciens cachets des médecins oculistes, forment le principal sujet de cette Dissertation ; et comme les monuments s'expliquent les uns par les autres, c'est en lisant la description d'un vase trouvé à Tarente, publiée par M. Millin (1), que nous avons été portés au travail dont nous offrons ici les résultats.

*Voyez* planche Ire., Nos. 1, 2 et 3.

Nous possédons dans notre cabinet, et nous nous proposions de publier avec notre collection de vases grecs, un petit vase absolument semblable à celui que décrit M. Millin, et portant la même inscription : ΙΑϹΟΝΟϹ ΑΥΚΙΟΝ ; mais comme le sens qu'il y donne n'est pas

(1) *Description d'un vase trouvé à Tarente*, par A. L. MILLIN, membre de l'Institut et de la Légion-d'honneur, Paris, 1814, in-8°.

conforme à celui que nous y attachons nous-
mêmes, et que le petit monument qui fait
partie de notre cabinet, a sur l'autre l'avantage
d'une parfaite conservation, nous nous sommes
empressés de le faire graver, afin d'en présenter
l'image fidèle : ce qui servira à rétablir la véritable forme de celui de M. Millin, qui se trouve
fracturé par le haut, et dont la restauration ne
nous paraît pas correcte. Nous y joindrons *Voy.* planche II<sup>e</sup>.,
quelques observations sur la nature et la forme N°. 1.
du vase, et sur l'usage auquel nous croyons
qu'il était destiné.

On voit d'abord que l'inscription est placée
de la même manière, dans un cartel, et que la
forme des lettres est aussi la même.

M. Millin dit que son vase est d'une terre
jaunâtre, fine et légère; sous ce rapport, il dif-
férerait du nôtre, qui est d'une pâte grossière et
d'un travail assez commun. La terre en est jaunâtre; il est noirci du bas de l'anse en haut,
comme on le voit figuré sur la planche ci-jointe; *Voy.* planche I<sup>re</sup>.,
il n'est point du genre des vases grecs, vulgaire- N<sup>os</sup>. 1 et 2.
ment appelés étrusques, et nous paraît d'une
fabrication moins ancienne : la forme des lettres

suffit pour le prouver. Le sigma lunaire, qu'on voit dans l'inscription, ne se trouve point sur ces monuments, et n'a guère été en usage que depuis le siècle d'Auguste, bien postérieur au temps où se fabriquaient ces vases.

Au premier aspect, on pourrait croire que celui dont il est ici question, n'est autre chose qu'un jouet d'enfant, ainsi que le présume M. Millin ; mais, en considérant attentivement sa forme, on voit qu'elle ne ressemble nullement à celle des petits vases de ce genre qui existent dans les cabinets d'antiquités, et dont nous possédons un assez grand nombre. L'orifice est rond, légèrement évasé ; le vide que présente l'intérieur paraît avoir été ménagé au moyen d'un poinçon, qu'on aura enfoncé dans la terre molle, ce qui rend la capacité du vase extrêmement petite, et donne à ce vide *Voyez* la coupe la forme conique. Nous ne voyons pas dans du vase, planche le nom de Jason, celui d'un grammairien qui I<sup>re</sup>., N°. 3. aurait établi un lycée à Tarente, où ce petit monument a été trouvé (1), et nous ne pensons

_____

(1) Nous croyons que notre petit vase a été pareillement trou-

pas qu'il soit nécessaire d'avoir recours à l'addition d'une lettre pour trouver *lycée* dans ΛΥΚΙΟΝ.

Ce vase nous semble avoir été destiné à contenir un collyre ou un onguent. Dioscoride, ainsi que l'indique fort bien M. Millin, désigne par le mot ΛΥΚΙΟΝ ( *lycium* ), une plante épineuse; mais Dioscoride ne se borne pas à la simple description de cette plante; il nous apprend qu'elle croît en abondance en Lycie et en Cappadoce; qu'on en extrait un jus, en pilant ensemble les branches et les racines, en les faisant macérer plusieurs jours dans l'eau, et en faisant cuire cette infusion jusqu'à ce qu'elle s'épaississe comme du miel. Après avoir parlé des différentes manières dont se fait cette préparation, il indique les maladies dans lesquelles elle est employée (1).

---

vé à Tarente; la personne qui nous l'a cédé, a habité long-temps cette ville, où elle en avait fait l'acquisition; ce qui confirmerait qu'il y avait à Tarente quelqu'un du nom de Jason, qui faisait fabriquer de ces espèces de vase, pour l'usage de sa pharmacie; mais voilà tout ce qu'on peut dire sur ce *Jason*.

(1) « Le Lycium est astringent et chasse les fumées des

Pline, dans la nomenclature qu'il donne des
végétaux de l'Inde, nous parle d'un arbre épi-
neux qui porte un fruit semblable au poivre,
dont on mettait infuser la racine avec la graine
pour en faire un médicament nommé *lycium*:
et dans son livre XXIV, il entre dans les
mêmes détails que Dioscoride sur les proprié-
tés du médicament et sur la manière de le
préparer et de l'employer. Il ajoute, comme le
disent aussi Dioscoride et Galien, que le lycium
de l'Inde est le plus estimé (1).

---

» yeux, il guérit les vieilles rongnes, les démangeaisons et les
» défluxions des paupières. Pilé et appliqué, il sert aux oreilles
» purulentes, aux ulcères des gencives et de la luette, aux cre-
» vasses et fentes du fondement et des lèvres. Pris en brevage ou
» clystérisé, il sert aux dyssenteries, coliques et défluxions d'es-
» tomac. Pris avec de l'eau, il est propre à la toux et à ceux qui
» crachent le sang. On le prend en forme de pilule ou en bre-
» vage contre la morsure du chien enragé. Il jaunit les che-
» veux et sert grandement quand la peau tombe des ongles ;
» ainsi fait-il aux chancres et aux ulcères corrosifs et pourris.
» Appliqué, il resserre et arrête l'abondance des fleurs des
» femmes. Pris en brevage, avec du miel ou en forme de pi-
» lule, il donne secours aux morsures des bêtes enragées etc. »
( *Dioscoride*, livre I, chapitre 133, traduction de Dupinet. )
Voyez les *Commentaires* d'André Mathiole sur les six livres de
Dioscoride. Lyon, 1680, in-fol., page 94.

(1) Lycium præstantius è spinâ fieri tradunt quam et *pyxacan-*

Galien, livre VII *De simplicium medica-mentorum facultatibus*, parle aussi fort au long du médicament appelé *lycium* (1); et Scribonus Largus, dans ses *Compositions mé-dicales*, chap. 3, nous fait connaître les heu-reux effets des collyres préparés avec le lycium, dans les maladies des yeux. *Sed nulli collyrio-rum tantum tribuo, quantum lycio Indico vero per se. Hoc enim inter initia, si quis ut collyrio inungatur protinus, id est eâdem*

*thum chironium* vocant, quales in Indicis arboribus diximus, quoniam longè præstantissimum existimatur Indicum. Coquun-tur in aquâ tusi rami, radicesque summæ amaritudinis æreo vase per triduum, iterumque exempto ligno, donec mellis crassitudo fiat. Adulteratur amaris succis, etiam amurcâ ac felle bubulo. Spuma ejus ac flos quidam oculorum medicamentis additur. Reliquo succo faciem purgat, et psoras sanat, erosos angulos oculorum, veteresque fluxiones, aures purulentas, tonsillas, gingivas, tussim, sanguinis exscreationes, fabæ magnitudine devoratum, aut, si ex vulneribus fluat, illitum; rhagadas, genita-lium ulcera, attritus, ulcera recentia, et serpentia, ac putrescentia, in naribus clavos, suppurationes. Bibitur et à mulieribus, in lacte contra profluvia. Indici differentia, glebis intrinsecùs nigris, intùs rufis, cùm fregeris, citò nigrescentibus. Adstringit vehementer cum amaritudine. Ad eadem omnia utile est, sed præcipuè ad genitalia.

(1) Lycium hoc in Lyciâ et Cappadociâ plurimùm provenit: sed Indicum ad omnia valentius est. (*Page* 54.)

2.*

*die, et dolore præsenti et futuro tumore libe-*
*rabitur ; supervacuum est autem nunc laudes*
*ejus referre. In aliis enim expertus intelliges*
*simplicis rei vix credendos effectus.* Nous nous
bornerons à ces citations; elles suffisent pour
faire voir quel prix on attachait à ce collyre,
surtout quand il était préparé avec le lycium
de l'Inde. Nous pourrions encore emprunter
les témoignages de Paul d'Egine, d'Aëtius,
d'Oribase et d'autres médecins anciens, qui
tous ont exalté les vertus de ce remède.

Dioscoride (1) et Pline (2) nous appren-
nent encore que le médicament appelé *lycium*
était sujet à être falsifié. Pline indique par-

---

(1) Δολοῦται δε ἀμόργης τῇ ἑψήσει ἅμα μιγνύμενον, ἢ ἀψινθίου χυλίσματι ἢ βοεία χολῇ. ( *Adulteratur id lycium adjectá decoctioni amurcá, aut absinthii succo, aut felle bubulo.* ) Dioscorid., liv. 1er., chap. 133.

(2) Adulteratur amaris succis, etiam amurcá, ac felle bubulo. Plin. , liv. XXIV, chap. 14.

Hâc in aquâ cum semine exceptâ in æreo vase medicamentum fit, quod vocatur lycion. Ea spina et in Pelio monte nascitur, adulteratque medicamentum. Item asphodeli radix, aut fel bubulum, aut absinthium vel rhus, vel amurca. Lycion aptissimum medicinæ quod est spumosum , Indi in utribus camelorum aut rhinocerotum id mittunt. Spinam ipsam in Græciâ quidam pyxacanthum chironium vocant. Plin., liv. XII, chap. 7.

faitement la manière de distinguer le vrai lycium de l'Inde, du faux. On ne le falsifiait sans
doute que parce qu'il était précieux, et qu'il
était difficile d'en trouver de véritable (1).
( Pline dit qu'on le faisait venir de l'Inde dans
des outres de peau de chameau et de rhino-
céros. ) Voilà pourquoi nous pensons que les
pharmacopoles qui composaient ce médicament, faisaient fabriquer exprès des vases pour
le contenir, et y apposaient leur cachet, afin
de constater qu'il sortait de leur pharmacie.
On doit remarquer ensuite que ces vases, déjà
si petits, avaient une capacité déguisée. La sur-
face de l'orifice paraît indiquer que le vide intérieur se prolonge jusqu'au culot, et qu'il est
de même dimension dans le bas que dans le
haut ; mais nous avons dit que ce vide intérieur
avait la forme d'un cône renversé, ce qui
fait que quand il est plein d'une matière quel-
conque, on est trompé par l'apparence : tout
le monde sait que l'on a encore, de nos jours,
recours à cette supercherie.

Quoi qu'il en soit, la petitesse du vase prouve
le cas qu'on faisait du médicament qu'il

*Voy.* planche I<sup>re</sup>, N°. 3.

renfermait, et justifie la précaution prise par le médecin oculiste, qui le composait, d'y placer son nom.

Nous pensons donc que l'inscription IACO-NOC ΛΥΚΙΟΝ (*lycium* de Jason), indique seulement le nom du pharmacien et du remède. Cet usage se pratique encore à présent; et, comme nous avons dit que les monuments s'expliquaient les uns par les autres, nous allons avoir recours à ce moyen pour justifier notre opinion.

Les cabinets des antiquaires contiennent des cailloux verdâtres de forme carrée, de petites tablettes, où l'on trouve gravés en creux sur les quatre faces de la tranche, quelquefois sur deux ou sur une seulement, des noms d'apothicaires ou de médecins oculistes, ceux des remèdes qu'ils préparaient, et des maladies auxquelles ces remèdes étaient propres.

L'opinion des antiquaires a beaucoup varié sur la nature de ces tablettes. Quelques-uns ont cru qu'elles étaient l'ouvrage de l'art, ce qui ne paraissait pas vraisemblable. Nous avons désiré avoir sur cela le sentiment d'un minéralogiste capable de lever toute incertitude à

cet égard. Une des nôtres a été communiquée
à M. Haüy, qui a jugé que c'était une espèce
de stéatite : et toutes celles que nous avons
vues sont de la même matière.

Il est assez remarquable que la plupart de
ces pierres se trouvent dans les Gaules, en Hol-
lande, en Allemagne, et dans les endroits où
les Romains avaient des établissements, des
camps, etc. Pourquoi en voit-on moins en Ita-
lie ? Y a-t-on négligé ce genre de recherches,
ou les monuments y manquent-ils réellement ?
Aurait-on lieu de penser que le soldat étant
plus que tout autre sujet aux maux d'yeux, à
cause des marches forcées, de la poussière, etc.,
on avait, dans chaque armée, des médecins
oculistes chargés de composer et de distribuer
des collyres propres à la guérison de cet or-
gane? Le collyre *stratioticum*, dont le nom
est gravé sur le cachet no. 1. de Saxius, que
décrit Marcellus Empiricus, comme propre
*ad calligines et cicatrices ex itinere et pul-
vere et fumo collectas*, autorise cette conjec-

_____

(1) Voyez le titre de l'ouvrage de Saxius, pag. 28. 41.

ture. Il ne serait pas étonnant, alors, de trouver ces pierres de préférence dans les lieux près desquels les armées romaines ont campé.

Ces tablettes ont été décrites et publiées par divers auteurs (1). On avait d'abord pensé qu'elles avaient servi de couvercle aux boîtes dans lesquelles les médecins renfermaient leurs remèdes (2); mais on n'avait pas remarqué que les lettres en étaient gravées de droite à gauche et en sens contraire, et qu'elles étaient destinées à servir de cachet. C'est ce qui, d'abord, a été reconnu par l'abbé Le Beuf, de l'académie des inscriptions. Caylus conjectura ensuite que l'empreinte appliquée sur la drogue que préparaient les médecins oculistes, était destinée à garantir l'authenticité du remède.

---

(1) Ceux qui les ont publiées se sont bornés jusqu'ici à les décrire, et à en indiquer à peu près la forme. Nous avons pensé qu'il serait utile de faire graver les nôtres telles qu'elles sont ; nous les avons même fait colorier, afin qu'on puisse mieux juger et connaître ces monuments. Walchius est le seul qui en ait fait graver avec quelque soin.

(2) Ego verò puto fuisse opercula pyxidum in quibus unguenta, olea atque collyria reservabant pharmacopolæ, etc. SPON, *miscellaneæ eruditæ antiquitatis*, page 236 et suiv,

Cet antiquaire a publié un certain nombre d'inscriptions, avec les explications de Falconnet, soit sur les pierres nouvellement connues, soit sur celles qui avaient déjà été décrites par d'autres.

Après lui Walchius et Saxius sont ceux qui ont traité cette question avec le plus de détails. Saxius a décrit toutes les pierres qui étaient parvenues à sa connaissance jusqu'à l'époque où son livre a paru ( en 1774 ).

Il ne sera donc pas inutile d'en publier de nouvelles, et de proposer quelques observations sur d'autres tablettes découvertes depuis l'impression de l'ouvrage de Saxius.

La première planche nous présente au n°. 4 un cachet gravé sur les quatre côtés. Le nom du médecin oculiste ne s'y trouve point.

MELINV
PSORICVM
CROCODEM
AROMATICV

MELINV pour MELINVM. Ce collyre était com-

posé d'une espèce d'alun qu'on tirait de l'île de
Melos. Son nom se trouve déjà sur le second cachet décrit par Caylus et Saxius. *Optimum ex
omnibusquod melinum vocant ab insulâ Melo
ut diximus : nulla vis major neque abstrin-
gendi, neque denigrandi, neque indurandi ;
nullum spissius oculorum scabritias exte-
nuat.* Pline liv. XXXV.

Galien indique plusieurs collyres de ce nom.
*Melinum delicatum commodum iis qui nul-
lam penitús pharmacorum mordacitatem per-
ferre possunt* (1).

Psoricvm. Nous avons sur d'autres cachets
diapsoricvm, ce qui doit être la même chose.
Celsus, Scribonius Largus, Pline, en parlent.
*Diapsoricum ad caliginem et aspritudinem
oculorum* (2). Actuarius, dans le chapitre *de
affectione oculorum*, décrit plusieurs médicaments qu'il nomme *psoricum*, et qui sont propres à la maladie des yeux. *Psoricum aridum*

---

(1) De comp. pharmac. secundùm locos. page 155. Actuar.,
page 309.

(2) Facit hoc collyrium benè quod psoricum dicitur. Scribonius Largus, page 32.

*ad majores oculi angulos erosos........ AElü psoricum*, etc. (1).

Marcellus Empiricus, après avoir donné la description du *psoricum*, qu'il nomme encore *stratioticum*, ajoute : *Si l'on en croit l'auteur de ce remède, il a rendu, au bout de vingt jours, la vue à une personne qui était aveugle depuis douze ans* (2). Les oculistes de nos temps ne se vantent pas d'avoir autant d'habileté. Il paraît que Marcellus Empiricus était fort crédule et fort adonné à la superstition. Nous ne pouvons résister au desir que nous avons de citer ici quelques-unes de ses ordonnances. Elles égaieront un instant le lecteur dans cette dissertation assez aride par son sujet.

*Pour faire sortir la poussière ou autres ordures entrées dans l'œil, frottez-le légèrement en promenant les cinq doigts de la main droite (si le mal est à l'œil droit, ou de la*

--------

(1) ACTUARIUS , page 307 , chap. 5.

(2) *Ut auctori ejus remedii de experimento credamus , duodecim annorum cœco intrà dies viginti visum restituisse se dicit.* MARCELLUS , page 274.

3..

*main gauche, si c'est à l'œil gauche ) en di-
sant trois fois :*

TE TUNC RESUNCO, BREGAN, GRESSO.

*Crachez trois fois, et faites tout cela trois
fois.*

Item. *Pendant que vous frotterez légèrement l'œil du malade, ayez vous-même l'œil
du même côté fermé, et dites trois fois ces
mots :*

IN MON DERCOMARCOS AXATISON.

*Sachez que cette recette est merveilleuse en
pareil cas.*

Contre la chassie des yeux :

*Avec une aiguille de cuivre gravez sur une
lame d'or, ces mots* Ορνω ουρωθη. *Suspendez-la par
un cordon au col du malade , cela le préser-
vera efficacement et pour long-temps, si l'ap-
plication est faite un lundi, et que vous ayez
été chaste (1).*

---

(1) Digitis quinque manûs ejusdem cujus partis oculum sordi-
cula aliqua fuerit ingressa, percurrens et pertractans oculum ,
ter dices : *te tunc resunco , bregan , gresso.* Ter deinde spues ,
terque facies. *Item.* ipso oculo clauso qui carminatus erit, patien-
tem perfricabis, et ter carmen hoc dices, et toties spues : *in mon*

Nous bornerons là ces citations, quoique l'ouvrage de Marcellus en contienne un très grand nombre, qui sont peut-être encore plus extraordinaires.

On peut aussi consulter Dioscoride (1) et Galien, sur la composition et les vertus attribuées au psoricum.

AROMATICV pour AROMATICVM, ne se trouve sur aucune pierre publiée ; mais Oribase fait mention de ce collyre, et en indique la composition (2), ainsi qu'Aëtius, qui nous dit dans quel cas il est employé (3). Galien cite aussi plusieurs collyres de ce nom (4).

CROCODEM. On trouve sur d'autres tablettes,

---

*dercomarcos axatison :* scito remedium hoc in hujusmodi casibus esse mirificum. MARCELLUS EMPIRIC., chap. VIII, page 278.

In lamellâ aureâ acu cupreâ scribes :

Ορυω ουρωδη

et dabis vel suspendes ex licio collo gestandum præligamen ei qui lippiet, quod potenter et diù valebit, si observatâ castitate die lunæ illud facias et ponas. *Id.*, page 270.

(1) Liv. 5, chap. 116.

(2) *Collyria quædam sunt quæ non condensant crassosque humores reddunt sed diffundunt atque discutiunt quale est aromaticum.* ORIBASE, page 50.

(3) AETIUS, page 659.

(4) *De comp. phar. secund. loc.*, page 156.

en abréviation, cʀocod, que Muratori et Falconnet expliquent par cʀocodiliᴠm; mais que Wesseling, avec plus de raison, interprête par cʀocodes, dont parle Galien (1), et qu'il indique comme un remède propre aux maladies des yeux et des oreilles. Ce cachet confirme la leçon de Wesseling. On connaît bien la plante crocodilium, mais il n'y a pas de collyre de ce nom (2).

La pierre suivante est aussi gravée sur ses quatre côtés; on y lit le nom du médecin oculiste Tiberius Julius Clarus.

TIBIVLCLARIDI
ALIBANVADIMP

TIBIVLCLARIDI
ARHODONPIMP

TIBIVLCLARIDI
ALEPIDADASPR.

TIBIVLCLARI
DIAMISADVC

(1) *Robur autem auribus vel magis afferret iisdemque proficiet collyrium quod diaglaucium, quod glaucium recipit, vocant; præterea diarhodon, crocodes, nardicum.* De sanitate tuendâ, page 100.

(2) Voyez ci-après, pages 29 et 30, et les cachets où se trouve encore le mot *crocodes*.

TIB. IVL. CLARI. DIALIBANV. AD. IMP.

TIB. IVL. CLARI. DIAMIS. AD. V. C.

TIB. IVL. CLARI. DIARHODON. P. IMP.

TIB. IVL. CLARI. DIALEPID. AD. ASPR.

Cette pierre contient plusieurs noms de collyres, qu'on lit sur d'autres cachets; mais il
n'est fait mention nulle part du premier. Voici
comment nous pensons que doivent s'expliquer
les abréviations :

*Tiberii Julii Clari Dialibanum ad impetum.*
*Tiberii Julii Clari diamisos ad veteres caligines.*
*Tiberii Julii Clari diarhodon post impetum.*
*Tiberii Julii Clari dialepidos ad aspritudinem.*

DIALIBANV. AD. IMP.

Alexandre de Tralles donne la composition
de ce remède. *Collyrium dialibano ad chemosim* (1).

Marcellus Empiricus fait connaître le collyrium dialibanos et le collyrium dialibanum;
il indique les deux manières de les préparer,
et se trouve d'accord avec Alexandre de Tralles.

---

(1) ALEXANDER TRALLIANUS, page 173.

Il le dit propre *ad suppurationes oculorum* (1).
Galien en fait aussi mention (2).

Les lettres AD. IMP., qu'on lit à la fin de la
légende, signifient *ad impetum*. Nous aurons
occasion d'en parler plus bas.

### DIARHODON. P. IMP.

Le nom de ce collyre se voit fréquemment
sur les cachets des médecins oculistes; il s'y
trouve écrit de plusieurs manières. Les fleurs
de la rose entraient particulièrement dans sa
composition, et nos oculistes modernes ordon-
nent encore aujourd'hui l'eau de rose pour de
légers maux d'yeux, soit afin de suivre l'usage
qui leur a été transmis par leurs devanciers,
soit parce qu'ils attribuent réellement quelques vertus à cette plante. Mais c'est sûrement
un des remèdes qu'on nommaient LENE MEDI-
CAMENTVM. Tous les médecins anciens décri-
vent fort au long le diarhodon, particulièrement Myrepsus, Oribase, Alexandre de Tralles
et Galien.

(1) MARCELLUS, page 280.
(2) Method. med., liv. XIV, page 92. Voyez ci-après, note 1re.,
page 32.

P. IMP.; ces lettres sont là pour POST IMPE-
TVM. Les anciens avaient des collyres *ad impetum*, et d'autres *post impetum.* On trouve
les uns et les autres indiqués sur les cachets
décrits par Saxius, Caylus, etc., où les noms
sont écrits en entier, ce qui rend l'interprétation moins douteuse.

On entendait vraisemblablement par le
mot IMPETVS une subite inflammation des
yeux (1), et l'on conçoit qu'un collyre qui
est propre à guérir ou soulager l'inflammation
ne doit pas être le même qu'il faut employer
quand elle a cessé. Nous remarquons que sur
la pierre n°. I, publiée dans Caylus, page
225, on lit DIARODON ( sans H ) AD IMPETVM ;
et dans celle qui est au n°. VI , on lit DIARHODON
AD FERVOREM : ce qui semblerait indiquer que
le diarhodon se préparait de plusieurs manières,
et qu'on l'employait dans les différents pé-
riodes de la maladie.

_____

(1) Voyez sur le mot *impetus* les observations de Saxius, page
27 de son ouvrage déjà cité , et le chap. VIII de Marcellus Empiricus sur les différentes maladies des yeux , où il parle de *primus
impetus , subitus impetus* , etc.

#### DIAMIS. AD. V. C.

On lit DIAMISVS sur la pierre n°. X, publiée
dans Saxius. Ce collyre prend son nom de
la pierre que les anciens nommaient *Misy*,
que décrit Dioscoride, et qu'il indique comme
très propre pour les maladies des yeux, surtout le misy de Chypre (1).

*Collyrium diamysos quod facit ad aspri-*
*tudines oculorum tollendas et ad lacrymas*
*substringendas*, dit Marcellus Empiricus,
page 180.

AD. V. C. La meilleure interprétation à donner au sens de ces lettres est AD VETERES CA-
LIGINES.

---

(1) Dioscorid. Περὶ Μίσυος. Lib. v, c. 117.

Μίσυ δὲ παραληπτέον τὸ Κύπριον, χρυσοφανὲς, σκληρὸν, καὶ ἐν τῷ θραυσθῆναι χρυσίζον,
καὶ ἀποςίλβον ἀςεροειδῶς. Δύναμιν δὲ ἔχει καὶ καῦσιν τὴν αὐτὴν τῇ χαλκίτιδι, δίχα τῆς τοῦ
ψωρικοῦ κατασκευῆς, ἐν τῷ μᾶλλόν τε καὶ ἧττον διαφέρον. Τὸ δὲ Αἰγύπτιον, πρὸς μὲν
τἄλλα διαφέρει ἐμπρακτικώτερον ὄν· πρὸς δὲ τὰς ὀφθαλμικὰς δυνάμεις, πολλῷ λείπεται τοῦ
προειρημένου.

Misy assumendum Cyprium, auri simile, durum, quod
friando auri colorem imitatur, et stellæ modo splendet. Vim ha-
bet et ustionem cum chalcitide eamdem, præterquàmquod psoricum ex eo non conficitur, excessus defectusque ratione tan-
tùm differens. Ægyptium autem cæteris præstat, ut pote quod ef-
ficacius habeatur, sed ad ocularia medicamenta multò supradicto
inferius.

Il y avait des collyres *ad recentes*, et des collyres *ad veteres caligines* (1). Le cachet publié dans Saxius, au nº. XIX, porte *ad caligines et scabritias oculorum*.

DIALEPID. AD. ASPR.

Marcellus Empiricus donne la manière de préparer le collyre DIALEPIDOS.

On trouve ce mot en abrégé, comme sur le nôtre, aux nºs. VII et VIII des cachets décrits par Saxius; mais il est en entier sur le nº. XIX : DIALEPIDOS. AD. ASPRITVDINEM; ce qui nous donnerait le vrai sens des lettres AD. ASPR., si déjà nous ne trouvions ailleurs des raisons suffisantes pour les expliquer ainsi. Sur notre cachet, les deux dernières lettres sont jointes ensemble, comme on peut le voir sur la pierre gravée planche 3. Nous renvoyons à Saxius pour ce qu'il dit sur ce collyre dont Marcellus Empiricus fait mention.

Le cachet du nº. 5 de la 1ère. planche ne présente qu'une tranche gravée; on aperçoit sur

---

(1) MARCELLUS EMPIR., chap. VIII. On pourrait aussi interpréter ces mots par *veteres cicatrices*.

les autres tranches des traces de lettres effacées,
et mieux encore des lignes droites, qui semblent
annoncer qu'elles sont là pour servir de guide
au graveur qui devait y placer le nom de quelques remèdes. Il paraîtrait que les oculistes, à
mesure qu'ils changeaient leurs médicaments,
faisaient effacer les lettres anciennes, et y subs-
tituaient des mots nouveaux. Au moins les trois
côtés de ce cachet, qui ne sont pas gravés, nous
présentent-ils cet aspect.

On lit sur la tranche gravée :

MARCI IVL FELICIANI DIAC.. (1)

Le nom de l'oculiste est Marcus Julius Fe-
licianus. Celui du collyre nous est indiqué
ici trop brièvement pour pouvoir déterminer
de quelle espèce il peut être. Veut-on, par
DIAC., entendre la préparation DIACODION, dont
parle Oribase, page 269, ou le mot DIACHE-
RALE, qu'on lit sur la pierre expliquée par
Dunod et publiée par Caylus, tome 1er., page
29? Veut-on entendre le collyre DIACROCOS
de Celsus, ou DIACHELIDONIVM, qui probable-

---

(1) Voyez la planche 3 pour la manière dont les lettres sont
disposées sur le cachet.

ment est le même que CHELIDONIVM, qu'on lit
sur deux autres cachets? On pourrait citer bien
d'autres collyres qui se rapporteraient à cette
inscription. Ces lettres peuvent s'interpréter de
tant de manières, qu'il est plus naturel de laisser la chose incertaine. Nous penchons néanmoins à donner la préférence à *diacrocos*, dont
nous connaissons la propriété et les vertus,
tandis que *diacherale* nous est inconnu jusqu'ici, et qu'il faudrait peut-être décomposer
ce mot (gravé comme nous l'avons dit sur la
pierre décrite par Caylus) pour bien savoir
quel est le sens qu'il renferme. Nous avons le
DIACROCOS dont Celse nous donne la description page 124. On voit d'ailleurs que le crocus
entre dans la composition de presque tous les
collyres. *Ex croco diacroca appellata colly-*
*ria ad lippitudinum initia commoda sunt*,
dit Paul d'Egine (1).

Nous croyons même que toutes les fois
qu'un collyre n'est indiqué que par les lettres
*diac*, *diacro*, il faut entendre *diacrocum*.

(1) PAULUS ÆGINETA de oculorum morbis, page 431 et suiv.

L'usage habituel qu'on fait du crocus dans les collyres nous porte à croire que les médecins oculistes n'employaient cette abréviation que parce qu'elle était connue de tout le monde; comme lorsque nous trouvons *crocod*, nous l'interprétons par *crocodes*, ainsi que nous l'avons dit un peu plus haut. Tout nous fait présumer que le crocodes est encore fabriqué avec le crocus; qu'il n'y a ici de différence que dans la manière de nommer le médicament, qu'on pouvait appeler ou *diacrocos*, ou *crocodes* (1).

Cette pierre et la précédente ont été trouvées à Lillebonne, l'ancienne *Juliobona*, (entre Caudebec et le Havre), où l'on découvre tous les jours des monuments d'antiquité. Elle nous a été donnée par madame Lemaître, du Havre, qui possède encore celle du médecin Tiberius Julius Clarus, et qui nous en a communiqué l'original.

Le cachet du n°. 2 de la 2e. planche est

---

(1) Voyez le cachet dont nous parlons page 33, où le mot *crocodes* paraît être employé génériquement.

gravé sur deux côtés ; il faisait partie de la découverte faite à Nais, dont nous parlerons plus
bas, et il nous a été cédé par M. Marchant,
ex-maire de Metz, qui possède dans cette
ville un riche cabinet d'antiquités.

Voici quelles sont les deux inscriptions :

Q IVN. TAVRI. DIASMYRN

POST. IMPET. LIPPIT.

IVN. TAVR. ISOCHRYS

AD. SCABRIT. ET CLAR. OP

Le nom du médecin oculiste est *Quintus Junius Taurus*, qu'on rencontre souvent sur les
cachets trouvés à Nais. Nous remarquons ici
que, contre l'usage ordinaire, chaque mot de
l'inscription est séparé par un point, ce qui
rend le sens moins incertain que lorsque les
lettres se suivent sans ponctuation, comme
sur la plupart des autres cachets. Nous obser-
vons encore que la forme des lettres des deux *Voyez planche II,*
inscriptions n'est pas la même. Elles ont sûre- N°. 2.
ment été gravées par deux artistes différents,
ce qui servirait à confirmer l'opinion que nous
avons émise, que les pharmaciens de ces temps

avaient toujours dans leur officine des pierres non gravées, afin de pouvoir y placer le nom des remèdes à mesure qu'ils les composaient.

Voici comment nous lisons les deux ins-criptions :

> *Quinti Junii Tauri diasmyrnum*
> *Post impetum lippitudinis.*
> *Junii Tauri isochryson*
> *Ad scabritias et claritatem opobalsamatum.*

DIASMYRN.

Il y avait plusieurs collyres de ce nom : *Diasmyrnum glaucianum*, *diasmyrnum ex hœmatite*, etc. La myrrhe, la sarcocolle, le crocus, entraient dans leur composition. Le nom du collyre *diasmyrnum* est dérivé du mot grec σμυρνα, ( *myrrhe* ) : on le trouve sur plusieurs cachets déjà expliqués par Saxius et autres, notamment aux n°[os]. II, V, XV, etc. Il en est fait ample mention dans les auteurs anciens qui ont traité cette matière (1).

_____

(1) *At quandò pus , quod in oculis est, digerere placet, col-lyriis quœ myrrham habent , maximè utemur : quœ utique et Dyasmyrna Grœci propriè vocant ; his certè minùs , sed reli-quis melius faciunt , quœ Dialibanu vocant.* ( Gal. methodi me-dendi , lib. 6 , page 93.)

POST. IMPET. LIPPIT.

Signifie POST IMPETVM LIPPITVDINIS. « Après
» l'irruption, quand la force de l'inflamma-
» tion a cessé ». C'est aux médecins à donner à
ces mots leur véritable signification ; n'ayant
pas de connaissances en médecine, nous ne pouvons nous livrer à aucune observation critique
sur tout ce qui a rapport à la propriété et à
l'efficacité des remèdes, et nous nous bornons
à considérer ces cachets sous les rapports ar-
chæologiques. Nous avons toutefois eu recours
aux auteurs anciens qui ont traité de la maladie des yeux et des remèdes qui y sont propres. (1). Leurs secours ont servi à nous guider
dans nos recherches.

---

(1) Nous donnons ici le titre des ouvrages cités dans cette dissertation, pour faire connaître les éditions dont nous nous sommes
servis.

Medicæ artis principes post Hippocratem et Galenum, édi-
tion d'Henri Étienne. Paris, 1567, 2 vol. in-fol.

Galeni opera ex nonâ Junctarum editione. Venise, 1625,
5 vol. in-fol.

Scribonii Largi compositiones medicæ, Joh. Rhodius recen-
suit. Padoue, 1655, in-4°.

ISOCHRYS.

Le collyre *isochryson* est décrit par Galien qui indique sa composition et les cas particuliers. auxquels il convient. Il le dit propre à plusieurs affections des yeux. *Collyrium iso-chryson , hoc est* AURO COMPAR *, ad corrosos angulos , scabras affectiones , inveteratas lippitudines , aspritudines , ficosas eminentias. Cicatrices et callos exterit* (1).

Déjà nous lisons sur le cachet publié par Scip. Maffei, le mot ISOCHRYS. On peut consulter ce qu'en dit Saxius page 37. Il suffit de la citation de Galien pour bien le faire connaître.

AD. SCABRIT. ET. CLAR. OP.

Ces lettres s'expliquent d'elles-mêmes : on voit que le collyre était propre *ad scabritias et claritatem.*

On pourrait croire que les lettres OP sont ici pour OPTIMVM. Mais nous préférons les interpréter par OPOBALSAMATVM , comme on lit sur le cachet de Chishull, publié par Saxius,

_____

(1) GALIEN, de comp. pharm. secund. loc., page 156.

pages 36 et 45, où l'on trouve *stactum opobalsamat.*

D'après ce que nous venons de dire, on voit que les médecins oculistes avaient des cachets sur lesquels étaient gravés leurs noms et celui du remède, et qu'ils s'en servaient pour en appliquer l'empreinte sur les drogues qu'ils préparaient ; mais il existait certains collyres d'une substance trop molle pour qu'ils pussent recevoir une empreinte et la conserver. Ce procédé était tout au plus praticable pour les onguents susceptibles de se durcir. Le lycium n'était pas de ce genre, puisque Dioscoride et Pline nous disent qu'on lui donnait la consistance du miel (1). On a donc lieu de penser que les oculistes faisaient alors fabriquer des vases, sur lesquels ils faisaient mettre leurs cachets avant qu'ils eussent passé au four, et quand la terre était encore molle (2). Nous

_____

(1) *Coquuntur in aquâ tusi rami radicesque summæ amaritudinis, æreo vase per triduum, iterumque exempto ligno donec mellis crassitudo fiat.* PLIN., liv. XXIV.

(2) L'empreinte du cachet se distingue très visiblement sur notre vase ; le cartel est aplati et les lettres sont en relief. Le rédacteur du journal intitulé : *le Narrateur de la Meuse,*

dirons plus ; les collyres destinés à la guérison des maux d'yeux nous semblent devoir être généralement d'une nature presque liquide et peu propre à recevoir une empreinte; on pourrait donc penser que les pierres publiées par Spon, Muratori, Saxius, Caylus, etc., et qui nous indiquent des remèdes pour les yeux, ont plutôt servi de cachet pour former l'empreinte sur le vase, que sur la drogue elle-même. Et déjà à l'appui de notre opinion, nous citerons le fragment publié par Caylus, tom. 7, page 261, sur lequel se trouve le nom du remède qui y a été appliqué au moyen d'un cachet gravé en creux.

CDVRONCTET

CHELIDO AD CAL.

Caylus indique encore une anse de terre où on lit BOLETARI, qu'il explique par BOLETARIVM, en supposant que l'amphore dont cette anse faisait partie pouvait avoir été destinée à

fait remarquer que les cachets de ce genre ont été trouvés à Nais sur l'emplacement d'une ancienne manufacture de poteries, car on y a trouvé beaucoup de débris de vases, des urnes même assez bien conservées. ( *Narrateur de la Meuse* , février 1808.)

conserver des champignons. (*Caylus*, tom. 7, page 311.)

Loin donc de penser que le vase qui porte l'inscription ιαϲονοϲ λυκιον, fût un jouet d'enfant destiné à récompenser un élève du lycée de Jason, nous croyons que le Jason dont il est ici question est un oculiste, un pharmacopole, et que l'inscription ne désigne rien autre chose, sinon que le vase contient le lycium fabriqué ou employé par lui; et puisque nous avons déjà deux vases avec la même inscription, tous les deux trouvés à Tarente, cela fait présumer que ce Jason habitait cette ville, et qu'ayant quelque réputation pour la composition de ce collyre, afin d'éviter qu'on le falsifiât, il avait fait fabriquer de petits vases propres à le contenir, sur lesquels il avait fait mettre son cachet. On a dû nécessairement en agir ainsi pour toutes les matières liquides, à moins qu'on ait eu quelques moyens de cacheter l'orifice du vase avec de la cire molle, sur laquelle on appliquait une des pierres gravées dont nous venons de parler, ainsi que le pratiquent encore aujourd'hui les apothicaires.

Puisque nous avons eu occasion de parler en détail de ces cachets de médecins oculistes, qu'ils ont excité l'attention de plusieurs antiquaires, et qu'ils ont occupé leurs veilles, nous croyons faire une chose utile à ceux qui sont dans le cas de traiter ces matières, en donnant à la fin de cette dissertation les inscriptions de toutes les pierres qui sont connues jusqu'à nous, avec l'indication des auteurs qui les ont publiées.

Smetius, dans ses *Antiquitates Neomagenses*, page 98, est le premier qui ait publié deux de ces cachets, sans en connaître l'usage et l'utilité (1).

Spon les a décrits de nouveau et en a ajouté un troisième, avec des explications qui ont aidé les antiquaires après lui à donner à ces cachets leur véritable attribution. Chishull en fait connaître un quatrième, dans une dissertation sur une médaille d'Ephèse, adressée à Nicolas-François Haym, et que celui-ci a insérée à la tête du IIᵉ. vol. de son *Tesoro Britannico*. L'inscription qu'on lit sur cette mé-

(1) Nous nous dispensons de parler de ceux qui, avant Smetius, n'ont vu sur ces pierres que des inscriptions magiques.

daille, qu'Eckhel place avec raison dans les
*pseudomonetæ* (1), paraît indiquer un remède;
mais toutes les conjectures de Chishull n'ont
pas le même degré de vraisemblance : ce sujet,
qui d'ailleurs a un rapport immédiat avec celui que nous traitons, mérite encore quelque examen.

Ensuite Muratori nous en a donné trois dans
son *Thesaurus inscriptionum*, et Scipion Maffei deux, l'une dans ses *Galliæ antiquitates*,
l'autre dans son *Museum Veronense*.

Caylus, dans son recueil d'antiquités, a
donné une seconde fois tous les cachets publiés avant lui, en y ajoutant les notes et les
explications de Falconnet de l'académie des
inscriptions et belles-lettres.

En 1754, P. Wesseling publia, dans le III<sup>e</sup>.
vol. des mémoires de l'académie de Iéna, de
nouvelles observations sur les médecins oculistes des anciens, et sur leurs cachets (2).

Walchius donna, en 1763, un opuscule

---

(1) ECKHEL , Doctrina nummorum veterum , tom. 8, page 217.
(2) Acta societatis latinæ Ienensis, tom. 3 , page 48, Ienæ 1754.

sous ce titre : *Sigillum medici ocularii romani nuper in agro Ienensi repertum : accedunt reliqua sigilla et inscriptiones medicorum oculariorum veterum* (1).

Comme Caylus, il donne la récapitulation de tout ce qui avait paru avant lui; mais il ne parle pas des cachets publiés par Caylus, dont probablement il ne connaissait pas l'ouvrage qui a paru de 1752 à 1764. Le même Walchius publia, en 1772, un autre ouvrage, sous le titre d'*Antiquitates medicæ selectæ* (2), et alors nous voyons reparaître non seulement les cachets qu'il avait décrits dans son premier mémoire, mais encore tous ceux qui se trouvent dans Caylus et plusieurs nouveaux, entr'autres celui qu'avait donné Bérald dans un journal anglais du mois de janvier 1754 ( *Gentleman's Magazin* ). Saxius, profitant de toutes ces recherches, fit paraître, en 1774, une lettre sur cette matière, qu'il adressa à Henri Van-Wyn, dans laquelle il passe en revue les dif-

(1) Ienæ, 1763, in-4°.
(2) Ienæ, 1772, in-8°.

férentes explications données par ses prédé-
cesseurs (1). Il y ajouta ses propres observations et ses conjectures, tant sur les médecins
oculistes que sur les remèdes et les maladies
dont ces pierres font mention. Il a refondu,
dans son opuscule, tout ce qui a été écrit
par Caylus et Walchius, qu'il n'est pas ce-
pendant inutile de consulter. Ce que nous possédons de Saxius est enfin ce qui existe de plus
complet sur ce sujet.

Le nombre des cachets qu'il a publiés se
monte à dix-neuf; nous en donnons dans cette
Dissertation plusieurs nouveaux ; mais celui qui
est porté au n°. 5 de notre planche, est à peu
près semblable à celui qui est donné par Walchius et Saxius au no. 17.

La différence que nous y remarquons vient
sûrement d'une erreur. Nous ne serions pas

_____

(1) Christophori Saxii epistola ad virum amplissimum eruditis-
simumque Henricum Van Wyn de veteris medici ocularii gemmâ
spbragide, propè Trajectum ad Mosam nuper erutâ. Alii simul duo-
deviginti ejus generis lapilli, quotquot adhuc in notitiam homi-
num venerunt, recensentur et illustrantur. *Trajecti ad Rhe-
num*, 1774, in-8°.

étonnés que ce fût le même cachet qui se trouvait autrefois à Nîmes dans le cabinet Séguier, et dont le possesseur avait envoyé la description à Walchius. Celui-ci l'a décrit d'après la note de Séguier, et n'a pu corriger la faute, si toutefois c'en est une. Nous lisons très nettement sur notre cachet AROMATICV, et Walchius donne AROMATICA; ce qui est contre l'usage des inscriptions de ce genre. On dit ordinairement *collyrium aromaticum*, *stratioticum*, *mixtum*, etc., et non *collyria aromatica*, etc.; d'ailleurs le mot gravé sur ces pierres ne peut indiquer qu'un collyre et non plusieurs collyres. Il y a quelques années que nous possédons ce cachet ; nous croyons nous ressouvenir qu'il avait été envoyé du midi de la France à la personne qui nous l'a cédé, ce qui nous fait présumer que c'est la même pierre que celle de Séguier ; elle ne porte point le nom du médecin oculiste, omission qui se rencontre rarement.

Voilà donc le nombre des cachets connus et publiés jusque-là, porté à vingt-deux, ne comptant que pour un celui qui vient du cabinet Séguier et le nôtre.

Dans le tome VI, des mémoires de l'académie Celtique, M. Dulaure donne l'explication de deux nouveaux cachets découverts à Nais, qui paraît être l'ancien *Nasium*, dont il est parlé dans Ptolomée, dans l'itinéraire d'Antonin et ailleurs. C'est maintenant un village près de Ligny, sur la frontière de la Lorraine. Nous donnons à quelques-unes de ces inscriptions un autre sens que celui qu'y attache M. Dulaure.

Q.IVN.TAVRIANODY

NVMADOMN.LIPP

Q.IVNITAVRIDIALIBAN..

ADSVPPVRAT.EXOVO

Voici comment M. Dulaure lit cette inscription :

*Quinti Junii Táuridi anodynum ad omnes lippas.*

*Quinti Junii Tauridi olibanum ad suppurationes ex ovo.*

Nous proposons la leçon suivante qui nous paraît plus exacte :

*Quinti Junii Tauri anodynum ad omnem lippitudinem.*

*Quinti Junii Tauri dialibanum ad suppurationes, ex ovo.*

C'est la seconde inscription qui a pu induire en erreur M. Dulaure sur le véritable nom du médecin oculiste. Le mot *Tauri* étant joint au mot *dialiban,* il les a mal séparés et a lu *Tauridi aliban;* il a encore été obligé de trouver une erreur dans *aliban ,* qui , selon lui, n'a aucun sens , et dont il fait *oliban ,* tandis que nous avons le collyre *dialibanos* ou *dialibanum,* dont il est fait mention dans Galien et Marcellus Empiricus, et dont nous avons parlé plus haut. Il tire son nom du principal ingrédient qui entrait dans sa composition , δια ( *avec* ) λιβάνος ( encens ).

On trouve ordinairement les lettres DIA , qui précèdent les noms des collyres. Les anciens y attachaient une signification qui indiquait *fait avec :* c'est la préposition grecque δια ( *avec* ).

*Collyrium diacrocos ,* collyre fait avec le crocus.

— *Diarhodon,* collyre fait avec les roses, etc.

Nous avons encore aujourd'hui plusieurs remèdes qui ont reçu leurs noms d'après la même méthode : *diacode, diachilon, diapalme,* etc. Nous croyons donc que le médecin s'appelait

Quintus Junius Taurus, et non Tauridus. On trouve le nom de ce pharmacopole sur un grand nombre de pierres découvertes à Nais.

Nous lisons *anodynum ad omnem lippitudinem*, et non *ad omnes lippas*. Galien nous indique lui-même ce qu'on doit entendre par ce mot. *Exordium autem a frequentissimâ oculorum affectione sumam, quam proprie ophthalmiam, hoc est lippitudinem appellant. Est autem, velut didicistis, inflammatio tunicæ os capitis et calvariam ambientis* (1). Anodynum est décrit par Nicolaüs Myrepsus dans son traité *De Collyriis* (2).

La seconde inscription doit se lire ainsi :

*Q. Junii Tauri dialibanos ad suppurationes, ex ovo.*

Nous avons déjà parlé plus haut de ce collyre, et nous avons vu que Marcellus Empiricus l'indique précisément *ad suppurationes oculorum*. Nous voulons seulement justifier ici

---

(1) Galien, *de compos. pharmac. sec. loc.* p. 150, v°.

(2) Collyrium dictum *Pelarion*, quod etiam *Antoninus, Monohemeron*, et *anodynon* dicitur, quo usus est Apollinarius Syrus, probatum verò ab imperatore Antonino. Implet fossulas, et exterit cicatrices, et dolorem mitigat. ( Il en donne ensuite la composition). NICOLAUS MYREPSUS, p. 660, chap. 37 ; et p. 664, chap. 77.

la présence des mots *ex ovo*. Marcellus, en donnant la description du collyre *monohemeron*,
qui précède celle qu'il donne du collyre *dialibanos*, nous apprend qu'il entrait du blanc
d'œuf dans la composition du premier (1).

Paul d'Egine, dans le chapitre XXII, *de
morbis oculorum*, prescrit aussi l'usage de
l'œuf.

Alexandre de Tralles ordonne l'emploi du
lait de femme et des jaunes d'œufs. (2), et il indique ailleurs un collyre que les Grecs appelaient διὰ ᾠῶν parce qu'il était fabriqué avec des
œufs. Le médecin J. Taurus en avait fait entrer

---

(1) Collyrium nomine *Monemeron* (*monohemeron*), facit ad
impetum lippitudinis ex ovo inunctum ita ut cum ovi liquidis-
simo inunxeris lippientem, pusillum sustineat, et iterum eum
inunges : quem quùm bis aut ter inunxeris, eâdem die jubebis
lavari. Hoc collyrium facit ad scabritudines et *diatheses* tollendas ex aquâ inunctum. MARCELLUS EMPIR., page 279.

At si moderata fuit inflammatio aloen per se, aut aqua aut ovi
candido dissolutam illine etc. PAULUS ÆGINETA, page 432.

(2) De remediis quæ extrinsecùs ponuntur. *Lac muliebre cum
vitellis ovorum et rosaceo superimpositum, mirificè lenit, inflam-
mationesque oculorum admodùm ferventes concoquit.... ad
maximas autem inflammationes, tumidiores que benefacit et
crocis cum micâ panis luteisque ovorum ac rosaceo etc.*
ALEX. TRALLIANUS, page 168.

dans son collyre *dialibanos*, qui n'en conte-
nait probablement pas ordinairement, et il a
voulu l'indiquer sur son cachet.

La seconde pierre publiée par M. Dulaure
porte les inscriptions suivantes, que nous co-
pions telles qu'il les donne lui-même, d'après
le *Narrateur de la Meuse.*

IVNI.TAVRI.CROCOD SAR

COEACVMADASPRIT

IVNITAVRICRODIALEP

ACCICATRIC-ESCABRIT

Voici comment les explique M. Dulaure :

*Junii Tauridi crocodilia sarcocolla commis, ad*
*aspritudines.*

*Junii Tauridi crocodilia lepram et cicatrices abri-*
*piens.*

Nous proposons de lire ainsi :

*Junii Tauri crocodes sarcofacum, ad aspritudi-*
*nem.*

*Junii Tauri crocodes dialepidos ad cicatrices et sca-*
*britias.*

Le médecin à qui appartenait ce cachet se
nommait encore *Junius Taurus.*

CROCOD. SARCOEACVM.

Nous avons dit plus haut pourquoi nous pré-
férions *crocodes* à *crocodilium*.

Au lieu de lire *sarcoeacum*, nous lisons *sarcofacum* composé de deux mots grecs σὰρξ chair
et φάγω consumer. Le *sarcofacum* ou *sarcophagum* indiqué sur le cachet, était probablement
composé avec une pierre caustique qui consumait les parties de chair, les excroissances que
l'on voulait faire disparaître ; cela ressemblerait
à notre pierre infernale. Les Grecs appelaient
σαρκοφάγος la pierre caustique qui consumait promp-
tement les corps, et qu'on employait pour les
tombeaux, et par extension le médicament qui
brûlait les chairs.

AD ASPRIT, pour AD ASPRITVDINEM.

Cette maladie des yeux se trouve fréquemment indiquée sur les cachets.

La seconde inscription présente encore un
*crocodes*, mais composé d'une autre manière.

CRO DIALEP pour CROCODES DIALEPIDOS.

Nous trouvons sur d'autres cachets le nom
simple du collyre *dialepidos*. Ici c'est *crocodes*

*dialepidos.* Cette même inscription se lit sur la tablette décrite au numéro VIII de Saxius, page 46; mais au lieu d'indiquer ce collyre *ad cicatrices et scabritias*, elle porte *ad aspritu-dinem*, ce qui ferait croire que ces affections des yeux ne diffèrent guère, puisque le même remède est indiqué pour l'une comme pour l'autre (1); on vient de voir que le *sarcofa-cum* était, ainsi que le *crocodes dialepidos,* employé *ad aspritudinem.* On peut consulter ce que disent Celsus, liv. VI, *De aspritudine palpebrarum*, et Scribonius Largus, chap. 3 et 4; ce dernier indique un médicament propre à cette maladie, et dans lequel entrent la myrrhe, l'encens, le crocus, le misy, etc. (2).

Nous lisons ensuite AC CICATRI ET SCABRIT, pour AD CICATRICES ET SCABRITIAS. AC est mis là pour AD : nous en avons d'autres exemples. L'ET est formé d'un T et d'un E joints ensemble.

---

(1) Voyez Galien, *de comp. pharm. sec. loc.* pag. 150, chap. *De aspritudine palpebrarum*, et AÉTIUS, page 356, dans le chap. CX intitulé *collyria ad aspritudines et extersoria.*

(2) Medicamentum liquidum ad palpebrarum veterrimam aspri-tudinem et excrescentem carnem, *page 33.*

Il reste à expliquer les inscriptions du même cachet, que M. Dulaure ne nous fait pas connaître, mais qui se trouvent dans le *Narrateur de la Meuse* du mois de février 1808. Nous avons fait graver cette pierre telle qu'elle est figurée dans ce journal; et ne l'ayant point eue sous les yeux nous n'avons fait que la copier. Nous supposons que les inscriptions en ont été bien lues, et nous remarquons qu'il se trouve sur quelques lettres des traits qui annoncent qu'elles étaient jointes ensemble. Cette copulation est très fréquente dans ces inscriptions. Nous avons rétabli, aux angles de la planche, la réunion des lettres, comme nous la concevons.

*Voyez* la planche du Frontispice.

Voici quelles sont les inscriptions :

IVNITAVRICROCODPA

CIANADCICATETREVM.

IVNITAVRICROCODDA

MISVSACDIATHESISETRE.

Nous pensons qu'elles doivent se lire ainsi :

*Junii Tauri crocodes paccianum ad cicatrices et recentia ulcera medenda.*

*Junii Tauri crocodes diamisus ad diathesis ou diatheses et recentes epiphoras.*

Nous avons vu le mot *crocodes* employé au commencement de chaque inscription du cachet. Il est sans doute pris génériquement. Il y avait plusieurs collyres de ce nom, comme il y avait plusieurs *diarhodon*, plusieurs *diasmyrna*, et plusieurs *monohemera*, etc., auxquels on donnait encore un nom spécifique, suivant les substances qui entraient dans la composition du remède ou le nom de son auteur. On avait le *diarhodon magnum*, *diarhodon acerbum*, *diarhodon Diagoræ*, etc., comme il y avait le *crocodes paccianum*, le *crocodes diamisus*, etc., ainsi qu'on le lit sur les inscriptions de cette tablette. On peut consulter à ce sujet l'ouvrage d'Aëtius, qui traite fort au long des différentes espèces de collyres : *collyria libyana*, *collyria ex rosis*, *collyria diasmyrna ex vino*, *collyria ex thure*, *collyria nardina et theodotia*, etc. (1).

_____

(1) Aétius, page 342 et suiv., chapitre 99 et suiv.

Passons maintenant à la description de la pierre.

PACCIAN. pour PACCIANUM.

Il est déjà fait mention de cette inscription sur la pierre publiée par Maffei et par Saxius au n°. X. Ce collyre tire son nom de son auteur. Nicolaüs Myrepsus nous en indique la composition et le dit propre *ad ulcera vetera et sorpida, ungues, pustulas, cavitates, providentias, sugillata, oculos cruentos, dolores et puncturas.* (1).

Aëtius l'appelle *collyrium instactum id est instillatitium paccianum* (2).

AD CICAT pour AD CICATRICES ;

L'A est joint au T, ainsi qu'on peut le voir sur la gravure. Il en est de même des lettres suivantes ET.

ET. RE. V. M

Nous interprétons ces lettres par *et re-*

---

(1) Nicolaüs MYREPSUS , page 662.
(2) *Facit ad acuendum visum et callos exterit.* AÉTIUS, page 359, chapitre III.

*centia ulcera medenda* ( ou *medicamen-tum* ) (1), jusqu'à ce que d'autres inscrip-tions confirment ou condamnent l'explica-tion que nous proposons. La dernière lettre du cachet est trop équivoque pour être carac-térisée ; c'est un signe incertain qui peut chan-ger le sens que nous y attachons aujourd'hui. N'ayant pas vu la pierre, nous ne pouvons former que des conjectures ; nous ne sommes pas même certains que ce qui est figuré après l'M soit une lettre.

Sur la dernière inscription de la pierre, on lit :

CROCOD DAMISUS pour CROCODES DIAMISUS.

Le premier I n'est point indiqué sur la pierre, il aura échappé à l'œil de celui qui l'a décrite ; mais il est sûrement joint à l'A , comme cela se

---

(1) On pourrait encore interpréter cette dernière lettre par *ma-ligna* ou *myocephala*. Voyez AETIUS , liv. 2 , serm. 3 , ch. 32 , *de malignis oculorum ulceribus* et le chapitre suivant *de myoce-phalis*. Dans le chapitre 113, page 362, il conseille l'emploi du lait de femme pour les *ulcera maligna*. Quand on n'a qu'une lettre pour se guider dans une interprétation , il est difficile de rencontrer le point juste de la difficulté.

pratique souvent (1). Nous avons parlé, page 26,
du collyre *diamisus*, dont on trouve fréquemment le nom sur les tablettes des oculistes (2).

Nous lisons ensuite AD pour AC, et nous
avons eu déjà occasion de remarquer cette erreur ailleurs.

AD DIATHESIS pour DIATHESES (DIATHESEIS).

Le cachet suivant porte la même inscription :
nous en parlerons lors de l'explication de cette
pierre, page 57, *diathesis* est ici un accusatif.

ET. R. E.

Nous expliquons ces lettres par *et recentes
epiphoras*.

Ce que les anciens appelaient *epiphoræ* était
une espèce de fluxion fort commune, princi-
palement sur les yeux. La *diathesis* était à peu
près la même chose.

Nous rétablissons ici maintenant les quatre

(1) *Voyez* comment se trouvent figurés l'I et l'A dans le
mot *Diasmyrna*, de la planche 2, n°. 2.

(2) Les collyres étaient composés tantôt de drogues calmantes
et adoucissantes, tantôt de substances mordantes et caustiques
comme tous ceux dans la composition desquels entrent la *chalci-
tis*, le *misy*, etc., tel était le diamisus. *Voy*. MARCELLUS, page 280.

inscriptions de cette tablette, telles que nous croyons qu'elles doivent se lire.

IVNI. TAVRI. CROCOD. SAR
COFACVM. AD. ASPRIT.

IVNI. TAVRI. CRO. DIALEP.
AD. CICATRI. ET. SCABRIT.

IVNI. TAVRI. CROCOD. PAC
CIAN. AD. CICAT. ET. RE. V. M...

IVNI. TAVRI. CROCOD. DIA
MISUS. AD. DIATHESIS. ET. R. E.

Nous avons fait d'inutiles efforts pour nous procurer le *Narrateur de la Meuse*, où sont rapportés plusieurs cachets découverts à Nais il y a quelques années; mais nous n'avons pu réussir à trouver le journal de cette époque. Il nous en a été communiqué quelques numéros, dans l'un desquels nous avons trouvé les inscriptions suivantes, qui se lisent sur un cachet dont il est fait mention dans le journal du mois de mars 1808 :

LIVNIPHILINIDIAM
ISVSADDIADIATHETOL.

LIVNIPHILINIDIALE

PIDOSADASPRTECICAT (1).

LIVNIPHILINISTAC

TVMOPOBADCLARIT.

LIVNIPHILINIDIAPSO

RICVMADGENSCISTECL (1).

Nous lisons ces incriptions de cette manière :

*Lucii Junii Philini diamisus ad diatheses tollendas.*

*Lucii Junii Philini dialepidos ad aspritudinem et cicatrices.*

*Lucii Junii Philini stactum opobalsamatum ad claritatem.*

*Lucii Junii Philini diapsoricum ad genarum scissuras et claritatem.*

On trouve les mots *diamisus*, *dialepidos* et *diapsoricum*, amplement expliqués dans notre dissertation, et dans l'ouvrage de Saxius. Nous renvoyons au cachet qu'il a publié page 36, pour *stactum opobalsamatum*.

Quant aux abréviations DIADITAHETOL, nous

---

(1) Il faut lire ET CICAT., ET CLA ; et non TE CICAT et TE CLA. à la fin de la première et de la quatrième inscription.

croyons que le premier DIA est mal à propos
répété par l'inadvertance du graveur. Nous
rendons les autres lettres par *diatheses tollendas*, et nous renvoyons encore à Saxius,
pages 49 et 5o. L'inscription de cette pierre
confirme parfaitement toutes ses conjectures
sur le cachet qu'il décrit : *Collyrium mono-
meron facit ad scabritudines et diatheses
tollendas*, dit Marcellus Empiricus, page 279.
La *diathesis*, comme nous l'avons dit plus haut,
est à peu près la même chose que ce qu'on nommait *epiphoræ* ( une espèce de fluxion, une
humeur ) (1). Nous ne croyons pas pouvoir
mieux expliquer le sens des dernières lettres
ADGENSCISTECL. que par ces mots : *ad genarum
scissuras et claritatem*, « pour les gerçures
» des joues, les fentes de la peau occasionnées
» par l'humeur qui coule des yeux, etc. » C'est
la première fois que nous voyons cette incom-
modité désignée sur les cachets.

Nous avions terminé notre travail, lorsque
nous avons eu connaissance d'une dissertation

_____

(1) Voyez *Bibliotheca philologica*, tom. II, part. 3, pag. 189.

de Saxius, postérieure à l'ouvrage qu'il a publié, en 1774, sur les tablettes des médecins oculistes anciens, et que nous avons cité si souvent;
elle se trouve dans les mémoires (1) de la Société
des sciences de Flessingue ( année 1782 ). Cet
auteur y publie un nouveau cachet trouvé
près d'Honfleur en Normandie, et du même
genre que ceux qu'il a déjà expliqués. Le
nom du médecin est, *Titus Julius Victor.*
Ce cachet porte quatre inscriptions, que nous
donnerons dans leur rang au n$_0$. 20, à la fin de
l'ouvrage ( *Voyez* page 68 ).

Saxius donne aussi dans cette notice les noms
des médecins oculistes que les inscriptions des
cachets et celles des marbres font connaître.

Nous ajoutons enfin à cette dissertation
la description d'une pierre trouvée à Bavay (2),dans le Hainault, à quatre lieues de Mons.
Nous avons appris qu'elle avait été commu-

---

(1) *Verhandelingen uitgegeven door het Zeeuwch geuoot-
schap der Wetenschappen te Vlissingen ; negende deel*, Mid-
delburg, 1782, in-8°.

(2) Qu'on nommait *Bagacum* et *Bavacum ;* c'était, suivant
Danville, la capitale des *Nervii.* On y trouve souvent des restes
d'antiquités.

niquée à la Société des antiquaires de France, qui doit la publier dans ses mémoires : elle contient les dernières inscriptions de notre Recueil ( *Voyez* page 72 ).

Outre les pierres dont nous venons de parler, le *Journal de la Meuse* rend compte d'une nombreuse découverte de ces cachets trouvés à Nais avec beaucoup d'autres monuments d'antiquité et de médailles ; nous donnerons encore dans cet ouvrage la simple description de ceux que M. Grivaud a bien voulu nous communiquer. Il se propose de les publier incessamment, avec d'autres objets de même nature, trouvés dans les Gaules. Ces descriptions ne figurent ici que comme dans une table de matières, afin de mettre en même temps sous les yeux tous les monuments de ce genre qui ont été publiés. Cela engagera peut-être les personnes qui en possèdent d'autres à les faire connaître.

Saxius désigne les cachets qu'il a décrits, par le nom de la ville où ils ont été découverts : il appelle *Lugdunensis* la pierre qui a été trouvée à Lyon ou près de Lyon; *Novioma-*

8..

*gensis*, celle qui a été trouvée à Nimègue.
Nous suivrons la même marche, et nous aurons
soin d'ajouter le nom de la ville à la description de la pierre, en indiquant aussi les auteurs
qui l'ont fait connaître, et qui en ont parlé.

Nous allons donc maintenant donner les inscriptions de tous les cachets connus; et nous
conservons aussi les numéros que leur a donnés
Saxius, qui, comme nous l'avons dit, a expliqué
méthodiquement les vingt premiers, auxquels
nous ajoutons la description de dix autres.

### N°. 1.

*Lapis Noviomagensis* 1us. (1re. Pierre de Nimègue).

M. VLPI HERACLETIS STRATIOTICVM.

M. VLPI HERACLETIS DIARODON AD IMP.

M. VLPI HERACLETIS CYCNARIVM AD IMP.

M. VLPI HERACLETIS TALASSEROS. A.

Publiée par Cuper, Smetius, Spon., Caylus, Walchius, Saxius.

### 2.

*Lapis Noviomagensis* 2us. ( 2e. Pierre de Nimègue ).

MARCI VLPI HERACLETIS MELINVM.

MARCI VLPI HERACLETIS TIPINVM.

MARCI VLPI HERACLETIS DIARICES AD.
MARCI VLPI HERACLETIS DIAMYSVS (1).

Publiée par Smetius, Spon, Caylus, Walchius, Saxius.

## 3.

*Lapis Genuensis* ( Pierre de Gênes ).

C. CAP. SABINIANI DIABSORICVM AD CALIG (2).
SABINIANI CHELEDON AD CLA.

C. CAP. SABINIANI NARDINVM AD IMPETVM.
SABINIANI CHLORON AD CLAR.

Publiée par Spon , Caylus, Walchius. Saxius.

## 4.

*Lapis Colcestriensis* ( Pierre de Colchester ).

Q. JVLI MVRANI MELINVM AD CLARITATEM.
Q. JVL. MVRANI STAGIVM OPOBALSAMAT. AD CAP (3).

Publiée par Chishull, Caylus, Walchius, Saxius.

---

(1) Pour *Diamisus* et plus bas *Cheledon* pour *Chelidonium.*
(2) Pour *Diapsoricum.*

(3) Saxius prétend avec raison , qu'on doit lire CAL *ad caliginem*, au lieu de CAP. Il faut aussi lire STAGTVM au lieu de STAGIVM. Voyez dans son ouvrage la pierre n°. 7, où l'on dit STACT. AD CLA, et la pierre n°. 8, où l'on trouve STACTVM. OPOB. AD. C. C. V.

## 5.

*Lapis Divionensis* ( Pierre de Dijon. ).

M. JVL. CHARITONIS ISOCHRYS. AD CLAR.

M. JVL. CHARITONIS DIAPSA... (1).

M. JVL. CHARITONIS DIARHOD. AD FERV.

M. JVL. CHARITONIS DIASMYRN...D. E (2).

Publiée par Sc. Maffei, Muratori, Caylus, Walchius, Saxius.

## 6.

*Lapis Senensis* ( Pierre de Sienne ).

P. ÆL. THEOPHILETIS.

COENONA AD CLAR.

STACTVM AEL (3).

Publiée par Gori, Maffei, Muratori, Walchius, Saxius.

---

(1) Il faut probablement lire *diapso.* pour *diapsoricum.*

(2) Il faut peut être lire AD. E. pour *ad Epiphoras.*

(3) Walchius observe avec raison qu'il faut lire *cœnon ;* il y a un *a* de trop. Il pense aussi qu'il y a erreur dans les deux dernières lettres ÆL; il voudrait qu'on lût AD. L. pour AD LIPPITUDINEM. Mais sur ce point nous penchons pour laisser subsister cette partie de l'inscription telle qu'elle est. Actuarius fait mention, chap. 5, pag. 307, du collyre *Psoricum AElii :* pourquoi n'aurions-nous pas le *Stactum AElii*, du nom de celui qui le composait, ou qui l'ordonnait ?

## 7.

*Lapis Marculfianus* ( Pierre de Saint-Marcoulf ).

QVINTILIANI

    STACT. AD CLA.

QVINTILIANI

    DIALEPID.

Q. CAER. QVINTILI

    ANI DIASMYRN.

QVINTILIANI

    CROCOD.

Publiée dans le *Mercure de France*, juillet 1729, oct. 1734, et par Muratori, Caylus, Walchius, Saxius.

## 8.

*Lapis Epamduodorensis* ( Pierre de Mandeure ).

    C. SVLP. HYPNI STACTVM OPOB. AD C. V.

    HYPNI CROCOD. DIALEPID. AD ASPRI.

    HYPNI LISIPONVM (1) AD SVPPVRATIONEM.

    HYPNI COENON AD CLARITATEM.

Publiée par Muratori, Caylus, Walchius, Saxius.

## 9.

*Lapis Vesontinus* 1$^{us}$. ( 1$^{re}$. Pierre de Besançon ).

    C. STAT. SABINIANI DIACHERALE.

Publiée par Dunod, Muratori, Caylus, Walchius, Saxius.

---

(1) Pour *Lysiponium.*

10.

*Lapis Veronensis* ( Pierre de Verone ).

C. JVL. DIONYSODORI.

DIAMISVS AD VET. CI.

C. JVL. DIONYSIODO

RI PACCIAN. AD DIAT.

Publiée par Maffei, Walchius, Saxius.

11.

*Lapis Vesontinus* 2[us]. ( 2e. Pierre de Besançon ).

L. SACCI MENANDR. CHELIDONIM AD CA (1).

L. SACCI MENANDR. MELINVM. DELACR.

L. SACCI MENANDRI THALASSEROS DELAC.

L. SACCI MENAN. DIASPHORIC. AD SC (2).

Publiée par Caylus, Dunod, Walchius, Saxius.

12.

*Lapis Parisiensis* 1[us]. ( 1re. Pierre de Paris ).

. . . . . . . . . FLAVIANI.

. . . . . . . . M. LENEM. OCVLO.

. . . . . . . VDINEM.

DECMI. P . . . . . . .

ANI COLL. . . . . . .

MIXTVM C.

Publiée par Caylus, Walchius, Saxius.

---

(1) Dans cette inscription *chelidonim* est pour *chelidonium*. L'M et l'V sont probablement joints ensemble. *Voyez* Marcellus Empiricus, pag. 281, pour le collyre *delacrymatorium*, et Galien, pour le collyre *thalasserum* ou *thalasseros*, pag. 116, v°.

(2) Pour *diapsoricum*.

## 13.

*Lapis Parisiensis* 2ᵘˢ. ( 2ᵉ. Pierre de Paris ).  *Caylus. 1. p. ?*

LENE. M. AD IMPE (1).

AD CALIGINEM.

POST IMPETVM.

AD ASPRITVDINEM.

Publiée par Caylus , Walchius , Saxius.

## 14.

*Lapis Lugdunensis* ( Pierre de Lyon ).

C. CINTVSMINI BLANDI

    EVODES AD ASPR.

C. CINTVS. BLANDI

    DIAPSOR. OPO.

C. CINTVS. BLAN

    DI DIASMYRNE.

C. CINTVS. BLAN

    DI SPONC. LENI (2).

Publiée par Berald ( *Gentleman's Magazin*, jan-vier 1814), Walchius , Saxius.

---

(1) Au lieu de lire LENEM d'un seul mot, il faut indubitablement couper le mot en deux ( LENE. M. ), pour *lene medicamentum*.

(2) Saxius lit SPONG pour SPONC. Alex. de Tralles indique pag. 169, le collyre *spongarium*.

## 15.

*Lapis Ienensis.* ( Pierre de Iéna ).

PHRONIMI DIAPSORICVM.

OPOBALS. AD CLAR.

PHRONIMI DIASMYRN.

POST IMPE. LIP. EX OV. (1).

PHRONIMI EVODES.

AD ASPRIT. ET CI. K. (2)

PHRONIMI PENICIL.

AD OMNEM LIPPIT.

Publiée par Walchius, Saxius.

## 16.

*Lapis Avenionensis* ( Pierre d'Avignon ).

C. DVRON. CTET.

CHELIDO. AD CAL (3).

Publiée par Caylus, Walchius, Saxius.

---

(1) Nous préférons l'interprétation de ces lettres par EX OVO, plutôt que par *ex oculo vulnerato* ou *oculorum vulneribus*, comme le pense Saxius. Voyez son cachet **XV** et le cachet que nous avons expliqué page 45 et 46.

(2) Saxius pense qu'il faut lire CI. R. pour *cicatrices recentes*, présumant que le K n'est qu'un R mal formé.

(3) L'empreinte de cette inscription figure ici improprement comme cachet ; mais l'inscription étant le principal mérite de ces pierres, peu importe que ce soit par la gravure sur le monument ou par l'empreinte, que nous la connaissions. Nous avons

17.

*Lapis Nemausensis* 1[us]. ( 1re. Pierre de Nîmes).

PSORICVM.

CROCODEM.

AROMATICV (1).

MELINV.

Publiée par Walchiùs, Saxius, Tôchon.

18.

*Lapis Nemausensis* 2[us]. ( 2e. Pierre de Nîmes ).

CLAVDIOR. GALB. AD CICA.

Publiée par Walchius, Saxius.

19.

*Lapis Trajecti ad Mosam* ( Pierre de Maestricht ).

C. LVCCI. ALÉXANDRI DIAL
    EPIDOS. AD ASPRITVDINE.

C. LVCCI ALEXANDRI LENE
    AD OMNEM LIPPITVDINE.

---

donc dû la compter au nombre des cachets connus, ainsi que l'ont fait Saxius, Caylus, etc.

(1) Sur notre cachet on lit *aromatica*, et nous avons dit que nous pensions qu'ici, il fallait lire de même.

C. LVCCI ALEXANDRI AD CALI

GINES ED (1) SCABRITIAS OMNES.

C. LVCCI ALEXANDRI CROCO

DES AT (2) ASPRITUDINES.

Publiée par Saxius.

20.

*Lapis Hunflotensis* (Pierre de Honfleur).

T. IVLI. VICTORIS

LENE SOMNVS..

T. IVLI VICTORIS

LENE HERBIDVM

T. IVLI VICTORIS

LENE RAPIDVM

T. IVLI VICTORIS LE

NE. M. LACT.

Publiée par Saxius.

21.

*Lapis Juliobonensis* 1us. (1re. Pierre de Lillebonne).

TIB. JVL. CLARI DI

ALIBANV AD IMP.

TIB. JVL. CLARI DI

ARHODON P. IMP.

---

(1 et 2) D pour T. ; T pour D. Le graveur de ces deux inscriptions s'est trompé sur la place qu'il a donnée à ces deux lettres.

TIB. JUL. CLARI

DIAMIS. AD V. C.

TIB. JVL. CLARI DI

ALEPID. AD ASPR.

Publiée par Tôchon.

### 22.

*Lapis Juliobonensis* 2$^{us}$. ( 2$^e$. Pierre de Lillebone ).

MARCI JUL. FELICIANI DIAC.

Publiée par Tôchon.

### 23.

*Lapis Nasiensis* 1$^{us}$. ( 1$^{re}$. Pierre de Nais ).

Q. IVN. TAVRI. DIASMYRN.

POST. IMPET. LIPPIT.

IVN. TAVR. ISOCHRYS.

AD SCABRIT. ET CLAR.

Publiée par Tôchon.

### 24.

*Lapis Nasiensis* 2$^{us}$. ( 2$^e$. Pierre de Nais ).

Q. IVN. TAVRI ANODY

NVM AD OMN. LIPP.

Q. IVNI TAVRI. DIALIBAN.

AD SVPPVRAT. EX OVO.

Rapportée dans le *Narrateur de la Meuse*, publiée par M. Dulaure ( mémoires de l'académie Celtique, tom. 3 ) et par Tôchon.

## 25.

*Lapis Nasiensis* 3<sup>us</sup>. ( 3<sup>e</sup>. Pierre de Nais ).

IVNI TAVRI CROCOD. SAR

   COEACVM (1) AD ASPRIT.

IVNI TAVRI CRO. DIALEP.

   AD CICATRI. ET SCABRIT.

IVNI. TAVRI CROCOD. DA

   MISUS AD DIATHESIS ET R. E.

IVNI TAURI CROCOD.

   PACCIAN AD CICAT. ET RE. V. M. (1).

Indiquée dans le *Narrateur de la Meuse*, publiée par M. Dulaure ( mémoires de l'académie Celtique, tom. 3 ) et par Tôchon.

## 26.

*Lapis Nasiensis* 4<sup>us</sup>. ( 4<sup>e</sup>. Pierre de Nais ).

Q. IVN. TAVRI STACTVM DELACRIM.

Q. IVN. TAVRI FLOGIVM AD GENAS ET CLARITAT.

Inscriptions communiquées par M. Grivaud.

## 27.

*Lapis Nasiensis* 5<sup>us</sup>. ( 5<sup>e</sup>. Pierre de Nais.

Q. IVNI TAVRI STACT. AD SCABRITIEM ET CLARIT.

L. CL. MARTINI EVODES AD ASPRITVDIN.

L. CL. MARTINI DIAPSORIC. AD CALIGIN.

Inscriptions communiquées par M. Grivaud.

---

(1) Sᴀʀᴄᴏᴇᴀᴄᴠᴍ pour *Sarcofacum* ( Sarcophagum ).

## 28.

*Lapis Nasiensis* 6[us]· ( 6e. pierre de Nais.).

IVNI TAVRI THEODOTIVM AD OMNEM LIPPITVDI.
IVNI TAVRI ANTHEMERVM AD EPIPHOR. ET OMNEM
LIPPITVD.
IVNI TAVRI PENICILLEM AD OMNEM LIPPITVD.
IVNI TAVRI DIASMYRNES POST IMPETVM LIPPITV.

Inscriptions communiquées par M. Grivaud.

## 29.

*Lapis Nasiensis* 7[us]. ( 7e. Pierre de Nais ).

L. IVNI. PHILINI DIAM
   ISVS AD DIADIATH. TOL.
L. IVNI PHILINI DIALE
   PIDOS AD ASPR. ET CICAT.
L. IVNI PHILINI STAC
   TVM. OPOBA. AD CLARIT.
L. IVNI PHILINI DIAPSO
   RICVM AD GEN. SCIS. ET CL.

Rapportée dans le *Narrateur de la Meuse*, 1808.
publiée par Tôchon.

30

*Lapis Bavacensis* ( pierre de Bavay ).

C. IVL. FLORI BA

SILIVM AD CH... (1).

L. SIL. BARBARI

PALLIADI AD OCV. (2).

En donnant ici la nomenclature de toutes les inscriptions qui se trouvent sur les cachets des Médecins oculistes anciens, nous avons eu soin de les présenter telles que nous pensons qu'elles doivent être lues, ce que nous avons indiqué au moyen de la ponctuation et par des notes.

---

(1) Galien indique un *collyrium* qu'il nomme *basilicon, id est, regium inscriptum*; un autre *collyrium basilidion, id est, regineum,* pages 156 et 157; *de comp. pharm. sec. loc.* Les dernières lettres de la première inscription, que nous donnons telle qu'elle nous a été communiquée, sont incertaines; c'est ce qui fait que nous ne les portons point ici; elles nous paraissent jointes ensemble par copulation. Les lettres AD. CH., signifient probablement *ad chemosim.* Nous ne parlerons pas plus au long de ce cachet, n'en connaissant pas assez exactement les inscriptions.

(2) Nous croyons voir à la fin de la dernière ligne deux lettres pareillement jointes ensemble, un o et un v, vient ensuite un c nous les expliquons par *oculos.*

Les tablettes que nous venons de décrire ont
encore un point de curiosité en ce qu'elles servaient à multiplier l'empreinte des lettres comme par le stéréotypage, et l'on a lieu de s'éton-
ner que ces empreintes n'aient pas révélé aux
anciens l'art typographique (1). Quelques auteurs ne doutent pas que Guttemberg n'y ait
pris la première idée de sa découverte.

Annulus in digitis erat illi occasio prima
Palladium ut cœlo sollicitaret opus,

dit Arnoldus Bergellanus , dans son *Enco-
mium chalcographiæ*, inséré par Wolf, dans
le tome 1er. de ses *Monumenta typographica*,
page 17.

---

(1) Voyez *l'Art d'imprimer*, par Nicolas Catherinot; Bourges,
in-4°. de 12 pag. 10 mars 1685.

FIN.

# ERRATA.

Page 18, ligne 5, au lieu de *abstrin-*, lisez *adstrin-*
Page 22, note, ligne 2, lisez *Diaglaucium propterea quòd glaucium recipit.*
*Ibidem*, note, lig. 3, au lieu de *nardicum*, lisez *nardinum.*
Page 24, ligne 20, au lieu de *Myrepsus*, lisez *Nicolaüs Myrepsus.*
Page 30, note, ligne 1re., au lieu de *page* 33, lisez *pages* 47 et *suivantes.*

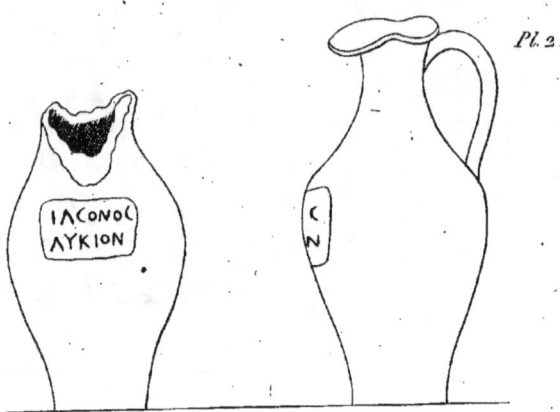

1.                                                    *Pl. 2.*

IΛCONOC
ΛYKION

2.

QIVN·TAVRI·DÑSMYRN
POST·IMPET·LIPPIT

IVN·TAVRISOCRYS
ADSCABRIT·3·CIAR·OP

3.

DIAMISADVC
TIBIVLCLARI

TIBIVLCLARIDI
ALEPIDADASᴙ

TIBIVLCLANPIMᴙ
ARHODONPINᴘ

TIBIVLCLARIDI
ALIRANVADIMP

3.

www.ingramcontent.com/pod-product-compliance
Lightning Source LLC
Chambersburg PA
CBHW070815260626
47161CB00006B/2288